皆吉爽雨の百句

石嶌 岳

写生一徹

ふらんす堂

目次

皆吉爽雨の百句

さら〳〵と又落衣や土用干

『雪解』（大正9年作）

1

第一句集『雪解』（昭和十三年刊）は、大正九年から昭和十三年までの句を収める。すべて高浜虚子選の「ホトトギス」に掲載された作品である。虚子は句集の序で「はじめて俳句を作つた大正九年に既に〈さら〳〵と又落衣や土用干〉といふ句がある。既に其才の尋常でないことを思はしめる」と記し、「景色を叙するにも人事を叙するにも気の利いた才走つた着眼点のあることに気がつくであらう」と評している。跋では大橋櫻坡子が「爽雨君の句は最も純正なる写生俳句である」と記す。このとき爽雨は十八歳。すでに老成した一句である。

ゆく雁やふたゝび声すはろけくも

『雪解』
（大正14年作）

2

爽雨は明治三十五年二月七日、福井市に生まれる。大正八年、福井中学校を卒業し、大阪の住友電線製造所（現住友電気工業株式会社）に入社。そこで大橋櫻坡子に出会い、俳句の手ほどきを受け、「ホトトギス」に投句を開始する。「爽雨」という俳号の名付け親はこの櫻坡子である。

櫻坡子は「君の俳句の一字をゆるかせにせぬ修辞の琢磨にしば〳〵歎賞の声を惜まざるを得ない」と跋に記す。この句も一語一語が周到に置かれており、詠嘆の切字の「や」を有効に使い、典雅で格調の高い調べを奏でている。

麦笛やおのが吹きつゝ遠音とも

『雪解』
（大正14年作）

3

大正十一年、大阪のホトトギス系俳人により「山茶花」が創刊され、爽雨は編集を担う。雑詠選者は野村泊月。「『山茶花』を発行するやうになつてから爽雨君の存在は一層顕著になつて来て」「其句には段々と深みを加へ、気が利いてゐながらもゆとりがあり、品格があるやうになつて来た」と虚子は句集の序に記している。爽雨は、「アララギ」の歌人島木赤彦の写生論を勉強していた。

　麦笛を自分で吹いているのだけれどもその音は遠くから聞こえているようだ、といういわば主観的イマージュの表出であり、短歌的抒情をかもしだしている。

がう〳〵と深雪の底の機屋かな

『雪解』
（昭和3年作）

4

大正十五年、大阪の住友本社に入社した山口誓子と住友句会で同席する。昭和二年、「無名会」という実作勉強会が興り、田村木国、後藤夜半、日野草城、阿波野青畝、山口誓子らと交流を深める。大正十三年に野邊つぎと結婚。この句は、妻の郷里である福井県勝山での作である。「一丈を越す雪になって帰路を断たれることがあって、九頭竜河畔に出てみると、わずかに棟を雪の上に見せている機場から機織りの音が聞えていた」と『自選自解皆吉爽雨句集』にある。「がう〳〵」は雪に埋もれた中の機織の音であるが、雪の吹雪く音をも思わせる。前句と同様に聴覚の鋭敏さが感じられる。

天懸る雪崩の跡や永平寺

『雪解』
（昭和5年作）

5

前年の昭和四年に飯田蛇笏と初めて会う。爽雨は、大正時代の一時期、蛇笏選の「雲母」にも投句している。

永平寺は福井県にある曹洞宗の大本山である。郷里の近くでもある。「山頂から一すじの雪なだれをした跡がついている。落下してきた雪崩が、爪あとのように山肌に黒土のあとを見せていて、雪塊が累々と川瀬のほとりに積っている」と『自選自解皆吉爽雨句集』に記している。雪崩の跡が天上界から懸っているようだという表現には、句柄の大きさと力強さがある。

この年、松本たかしと初めて会う。水原秋櫻子の『葛飾』が上梓された年でもある。

春雨の雲より鹿や三笠山

『雪解』
（昭和7年作）

6

前年の昭和六年に水原秋櫻子は「自然の真と文芸上の真」を発表し、「ホトトギス」から離脱した。大阪の俳人にも衝撃が走った。櫻坡子は秋櫻子贔屓であった。

この句は、昭和七年の春、奈良に東大寺二月堂のお水取りを見に行き、若草山の近くに宿泊したときの作。歌人の吉野秀雄は「『春雨の雲』に感服する。これこそ本当の詩語といふものだ」と「爽雨俳句漫抄」(「雪解」昭和二十六年一月号)で評している。着眼点のよさは〈天懸る雪崩の跡や永平寺〉と同様であり、またリズムをつける中七の「や」切れも同じ手法である。

この年、「ホトトギス」同人に推挙される。

ふるさとの色町とほる墓参かな

『雪解』
（昭和8年作）

7

皆吉家の墓所は、福井県坂井市丸岡町の高岳寺にある。近くに丸岡町富田遊廓があった。爽雨の『句のある自伝』に「丸岡の私の家は、富田町のはずれにあった。黒板塀が左右にのびている門を出ると、隣りが町役場の蔵、次が役場の門、そこから一筋に富田町がつづいていて、ここは遊廓町である」とあり、夜になると灯が点り賑やかになるが、墓参は昼間の深閑とした通りを歩いてゆくのである。

なお、「ホトトギス」昭和六年三月号に発表された松本たかしの「恵那十日句録」に衝撃を受け、爽雨は、昭和七年に作句の現場である恵那に足を運んでいる。

雁列の突つたちしづむ枯野かな

『雪解』
（昭和12年作）

爽雨は、会社の出張で満州（現中国東北部）へ昭和十一年、昭和十二年、昭和十三年と行っている。住友本社の山口誓子は昭和七年にハルピン出張を命じられている。特急あじあ号で新京（長春）から大連などをまわり、帰りは奉天から分かれて朝鮮国境へ向う。出張中に盧溝橋事件が起こり、日中戦争が勃発。どこから銃声が飛んでくるか分からないという緊張感が走る。この雁の渡り〈雁列〉は「空を渡る鳥影ではなく、突きさきるように地平に落下してゆく一線のそれなのである」と『自選自解皆吉爽雨句集』に記す。力強い骨太な俳句である。〈雁とんで守備兵ひとり下りし駅〉とも詠んでいる。

花ふぶきやみて一片幹つたふ

『寒林』
（昭和14年作）

第二句集『寒林』（昭和十五年刊）は三省堂の「俳苑叢刊」シリーズの一冊。日中戦争のなか京都の円山公園に行く。桜の散りゆく景を丁寧に写生している。爽雨は「桜の一花一花、一木一木に眼を近づけて、写実としての桜花を描いて、その近視的描写からあるひろい情景なり気分をひろげようとする手法の実行をはじめていた」と自解に記す。昭和十三年、「俳句研究」で「現代俳句を中心に」と題し、山口誓子、日野草城、嶋田青峰らと座談会。誓子は昭和十年に「ホトトギス」を辞して「馬酔木」に参加、草城は昭和十一年に「ホトトギス」を除名されている。

落花まだ花のはざまにあそぶほど

『雲板』（昭和15年作）

第三句集『雲板』（昭和十九年刊）所収。「花案内」と題のある五句の内の一句。「桜そのものにレンズを近づけて、花そのもの花びらそのもの、幹や枝そのものをじかに写生しようと努めた収穫の一つであるが、『あそぶ』などと言ったところには、心もちが主になってやわらかな情感が出ているかと思う」と爽雨は自解する。水原秋櫻子が句集『葛飾』の序でいうところの「自然を尊びつゝも尚ほ自己の心に愛着をもつ態度」である。野村泊月が「山茶花」の雑詠選者を辞退したため、昭和十四年十一月号から木国、櫻坡子、若沙、爽雨の四選者雑詠となる。

雪垣を解きて雲板嶺に向ふ

『雲板』
（昭和15年作）

「永平寺」と題のある八句の内の一句。雲板とは寺院で坐禅や食事の時間を知らせるために打ち鳴らす法具。形が雲形なのでこの名がある。永平寺の修行は厳しいことで知られる。爽雨は、郷里に近い永平寺にはよく行っている。虚子からは「君は福井へ帰ると句がふるいますね」とよく声を掛けられた。一人句帳を開いている姿が目に浮かぶ。

　俳壇の出来事としては、昭和十四年、編集長山本健吉の「俳句研究」での「新しい俳句の課題」という座談会以降、中村草田男、石田波郷、加藤楸邨たちは「人間探求派」と称されるようになった。

子の脚を交へて鹿の群うつる

『雲板』
（昭和16年作）

「飛火野」と題のある五句の内の一句。ほかの四句は、〈濃ゆき斑の親かくれゆく鹿の子かな〉〈足わろき子を親鹿の先立たす〉〈わろき脚あげて鹿の子の乳ふくむ〉〈脚をとる草を見こち見ゆく鹿の子〉。鹿の群れをカメラのレンズがゆっくりと流れるように撮ってゆく感じである。ワンシーンワンカットの映像である。これらの句に対して虚子は「写実に多少わずらわしいところはあるが、まずよかろう」と評した。松本たかしからは「これらの句によって、この作者の手腕をはじめてみとめるようになった」と言ってもらえたという。

白樺のまれにはななめ秋晴るる

『雲板』（昭和16年作）

13

「発哺と妙高」と題のある八句の内の一句。戦争の足音が近づき、旅行もしにくくなってきたなか、十月に長野県志賀高原に行く。〈着いてすぐ温泉つぼの声や夕もみぢ〉と詠む。白樺林のなかに幹が斜めに傾いている一木を目にした。「その一文字の白い幹には、ことによく日が当って、なかんずく輝きわたっていた」「多くはまっすぐな幹を並べてしずまりかえっている。その間を歩きながら、私の眼にはななめに横たわっていた一本の幹がはなれなかった」と自解する。外光の明るさのなか、白樺の幹のフォルムを定着させようとしているのだ。自然に向かって眼が見開いている。

煤掃きし魚板は玉を大ふくみ

『雲板』
（昭和17年作）

「黄檗山歳暮」と題のある五句の内の一句。年末に京都府宇治の万福寺に行き、〈伽藍掃く大煤竹をうちたわめ〉など煤掃きの景を見る。斎堂の前の回廊に吊るされている魚板が銜《くわ》えている大きな玉を捉えたところが、虚子のいう着眼点のよろしさであろう。

句集『雲板』の特徴は一つの題での連作俳句にある。連作は水原秋櫻子の『葛飾』にも見られる。秋櫻子の連作はあらかじめ設定された主題に沿った設計図法と呼ばれるものであるが、爽雨の連作は多作のなかから選んで並べた句群である。

啄木鳥のこぼせるものの落ちもこず

『雲板』
（昭和18年作）

「杉の道」と題のある五句の内の一句。高野山奥の院での作。この高野山で昭和三年から「山茶花」夏行句会が開催され、毎年爽雨は参加している。啄木鳥が幹を打っているのだが、その木屑は自分の足元に落ちてこないというのだ。「こまかなものを虚空にちらしているだけである」と自註にある。繊細巧緻な写生句である。このころ水原秋櫻子が提唱した野鳥俳句の影響もあろうか。明るい外光派の高原俳句を思わせる。

戦時下にあって「山茶花」は二百ページから二十八ページに縮小された。

さはやかにおのが濁りをぬけし鯉

『緑蔭』
（昭和19年作）

第四句集『緑蔭』（昭和二十二年刊）所収。

京都の苔寺での作。鯉が自分で立てた水の濁りを描写したところから、「一気に『ぬけし』と表現し得た。その上、一つの情景の写実というばかりでなく、生活の中の一齣が象徴的に感じられるのであろうか」と『自選自解皆吉爽雨句集』に記す。躍動感がある。

戦時下の俳誌統合により「山茶花」が昭和十九年九月で終刊。最後の編集後記を「今後は個人同志にて手をとり合う道をひらきたい」と結んでいる。自宅に暗幕を張りながら句会を開いては「ついたち会報」を発行している。

扇ふと頬にとどめて風は秋

『緑蔭』
（昭和20年作）

二月に自宅近くに爆弾の投下があり、三月に岸和田郊外に疎開する。その後すぐに大阪大空襲があって自宅付近は焼野になった。八月十五日の終戦の玉音放送は爆弾でぼろぼろになった会社の工場で聞いている。帰宅すると暗幕が外され、茶事の支度がしてあり、茶を喫しながら扇を使っていたが、窓からの風にふと扇を止めたときの句である。「頰に扇のあたっている感触をおぼえながらに、もう扇も要らぬ秋が来た、終戦という生涯に一度の新秋がきたという感慨はふかぶかと身にしみ通った」と『自選自解皆吉爽雨句集』に記す。

町並も木々はむさし野鳥雲に

『緑蔭』（昭和21年作）

18

昭和二十年、占領軍の四大財閥解体を受け、住友本社が消滅、各部門がそれぞれ独立した会社として再編成される。爽雨は住友電気工業株式会社東京支店に異動になる。息子の志郎も東京美術学校に入学。昭和二十一年、杉並区馬橋に間借りする。阿佐ヶ谷の欅並木に武蔵野を感じながら歩いていると偶然水原秋櫻子に会う。「双方ともくたぶれた洋服姿で突ったち合ったまま、この偶会を喜んだ」という。そんな戦後の街並みの景である。五月、住友電工の同僚の父が経営する矢島書房より俳誌「雪解」を創刊し、主宰となる。

刻々に大秋晴となる如し

『緑蔭』
（昭和22年作）

19

京都や奈良の雅で整った景色と異なる武蔵野の荒々しく変幻自在に展開する自然に惹かれて、日曜日には善福寺池や三宝寺池などに吟行に出ている。この句は十七音が一気に出てきたという。武蔵野の空の大きさが迫ってくる句である。爽雨は、「何の増減も要せぬ表現がとれるという経験は、永年の間にもそう度々あるものではない。これはその中の一句で、そうした作を顧みると、夾雑物をゆるさぬ省略があり、一刀両断の冴えがそのしらべの上に見えているようである」と『自選自解皆吉爽雨句集』でいう。刻々とうつろいゆく自然を見て、間髪を入れずにできた句である。

返り花きらりと人を引きとどめ

『緑蔭』
（昭和22年作）

「雪解」の毎月の例会を小石川後楽園の涵徳亭で開催。この水戸藩邸跡の庭園の入り口近くに大きな桜が植わっている。小春日和の暖かい時期に返り咲いた花の一瞬を切り取って見せた。「まことときらりとした一つの光が眼にとび込んで引きとどめたのである。枯れつくした庭上に返り咲いた花であってこそ、こうした光を発し、それが強く足をとどめたのだ」と自解している。まさに「物の見えたる光」の瞬間である。見えたものと言葉とが一枚に重なって一気に出てきたのである。松本たかしは「俳句の表情は一瞬間で決まる」（エッセイ『間髪』）という。

女湯もひとりの音の山の秋

『遅日』

（昭和23年作）

第五句集『遅日』（昭和二十七年刊）所収。

日光湯元温泉での作。一人で温泉につかっていると、隣りの女湯から桶のからんとした音や湯浴みの音が聞こえてきたのだ。山はもう秋なのである。

この年、越後湯沢で松本たかしを中心に吉野秀雄、福田蓼汀、上村占魚、岩見静々らと「茅舎研究」を行う。この座談形式の「茅舎研究」は二十五回にわたり「笛」に掲載された。また、矢島書房からの発行であった「雪解」を譲り受け、自ら直接発行するようになる。杉並区馬橋に家を購入する。

雪嶺に暈の触れゐて月は春

『遅日』
（昭和25年作）

福井県鯖江へ吟行。雪深い北陸は、春になっても雪が残っている。峰から昇ってくる月は淡い光の輪を帯びているのだ。その束の間の景への眼差し。

昭和二十三年に『互選句集』（松本たかし・皆吉爽雨）が刊行。たかしは、「どこまでも執拗に対象に密着してその核心を把へ、言葉を煮詰めるやうにして表現する」「正確、緻密、克明」な爽雨俳句に対して、「練達円熟の度を進めて」「柔軟さが増し、同時にそれが、その表現技法を通して、心の深まりや潤ひをも作品に滲み出させるといふ境地にまで到達せしめてゐる」と評している。

頰燃えて自画像出来ぬ卒業す

『遅日』

（昭和25年作）

油絵を専攻し安井曽太郎に師事していた息子の志郎が東京美術学校を卒業。卒業制作には自画像が課せられた。同時作に〈ネクタイに油彩のよごれ卒業す〉〈画布抱いて上野の坂を卒業す〉がある。

自画像の頬の赤さを見て、それを「頬燃えて」と心で感じ取ったのである。新しい出発への希望に燃えているのであろう。何を見たかというだけでなく、いかに見たかということを表現している。

前年の昭和二十四年、住友電気工業株式会社を四十七歳で退職し、俳句一筋の道に入る。

来る蟻にひそと傾き蟻地獄

『遅日』
（昭和25年作）

24

金剛山千早城址のほとりの平屋の建物の縁下に大小の蟻地獄を見ての作。同時作に〈蟻一つ地獄つゞきをさまよふも〉〈激しゐる蟻地獄王あらはにも〉〈蟻に指やりて地獄をのがれしむ〉など。蟻地獄の淵をさまよっていた蟻が足を滑らせて落ちた。その一匹の蟻に作者は指を差し伸べて助けたのである。その一連の様子を「今でもはっきり思い起せるほどの動悸をおぼえながら、一気に次々と句ができた」と『自選自解皆吉爽雨句集』に記す。対象から眼をそらさない集中力がある。

春惜しむ深大寺蕎麦一すすり

『遅日』
（昭和26年作）

武蔵野の面影を残した深大寺の白鳳時代の釈迦如来倚像を拝観したあと、門前の蕎麦屋で盛り蕎麦を食べた。「箸にかざしながら一すすりすると、折から残んの桜が山門越しに散りかかってきて、惜春の情を誘うのであった」と自解に記す。一すすりして春を惜しんでいる自己の情が出ている。本堂の傍らに、この句碑が建っている。

この年、武蔵野市吉祥寺のアトリエ付きの洋館に転居。「雪解」五周年記念大会では、吉野秀雄が写生について講演している。

十人の十三夜行木曾谷へ

『遅日』
（昭和26年作）

「十八」「十三夜」と数字を畳み掛けるように使い、頭韻によって弾むリズムが生まれている。旅の喜びが出ていよう。会社を辞してより旅に出ることが増えた。爽雨は、『花鳥開眼』で「句を作りに旅をするといふことほど愉しいものはありません」といい、「旅ほど我々を孤独なこゝろにさせてくれるものはありません」という。自己を孤独に追い込むことで俳句が生まれてくるということだろう。

『遅日』のあとがきに「私の眼には、どんな動乱下にあつても自然は美しく静かであつて、新しい生命にかゞやきながら四季の推移を休めなかつた」と記す。

画廊出てやがて絵が消え街師走

『雁列』
（昭和28年作）

第六句集『雁列』（昭和三十年刊）所収。

ここ数年、師走の銀座を歩いて句を作るという会を持つ。銀座には多くの画廊がある。その一つを覗いてみたのだ。油絵の強いタッチと色彩を眼にして外に出た。人波にもまれているうちに強烈な絵の印象が薄れてゆく自身の感覚の発見を描いている。絵という「夢幻」が人波という「現実」に消されてゆくという「たゆたう」気分を句にしているのだ。「『やがて』『消え』という表現にその間のたゆたいが多少とも出ていれば、私のその時の心もちが運ばれていると思っている」と自解する。うつろいゆく時間のなかに爽雨の眼はある。

見つつ消ゆ雲あり秋の雲の中

『雁列』
（昭和29年作）

秋の空をじっと眺めていると、そのわずかな時間に、雲が生まれたり、膨れたり、二つの雲が一つになったり、消えたり、驚くほど変幻自在を繰り返す。生まれては消える雲を通して、ここでもうつろいゆく時間が表現されている。『方丈記』の「よどみに浮ぶうたかたは、かつ消えかつ結びて、久しくとゞまりたるためしなし」という無常観につながってくる。一瞬一瞬、すべては生滅を繰り返しているということである。だからこそ「今」を見つめようとするのかもしれないのだ。爽雨の眼には時間が見えていたのであろうか。

人逝きてその湯たんぽの行方なし

『雁列』
（昭和29年作）

昭和二十八年十二月に義母の野邊きしが逝去した。〈湯たんぽに病み臥す嵩のつづきをり〉とも詠んでいる。「裾にいつも入れてあった湯たんぽが、褥とともに忽然となくなっている。どこへどう仕舞ったものか行方が分らない。故人に殉じておのが所在を隠してしまったようであった」と自解する。湯たんぽの行方を通しての義母に対する喪失感の表現になっている。不在の光景を見つめることでうつろいゆく時間に対する意識が、句の姿となって表れ出ているといってもいいかもしれない。いわば意識は不在の景へと導かれているのだ。

寒の水飲みてつらぬくもののあり

『雁列』
（昭和30年作）

昭和二十九年に胃の不調を自覚し、病院で検査、開腹手術を受けるが無事と分かり、退院する。

寒の水は飲めば薬になるといわれる。寒の水が口から食道を通って胃に流れる。「その冷寒極まりないものが、一線に臓腑を貫き通った時、寒の水なるものが烈しく感じられた」と自解する。水がゆっくりと自分の身体の中を流れてゆくことに対する感覚を見つめている。

この時期、茶道の稽古をしたあとで俳句会を催すという俳茶会を行っている。

汗引いて山河やうやく故里ぞ

『雁列』
（昭和30年作）

福井に帰省したときの作。福井から勝山永平寺線に乗って九頭竜川沿いを上流に遡上してゆく。まわりの山河を見ると、ようやく故郷の景だと実感したのである。東京から福井に帰ってゆくという時間の流れに、汗が引いてゆくという身体的現象が重なって、自己の内部に起きた感情を描写しているのである。それは福井で生まれ育って今があるという感慨でもあろう。

昭和五十四年に、この句と父五浪（俳号）の〈一廻りして元の坐の花見かな〉の親子句碑が丸岡城の霞ヶ城公園に建てられた。

夜なべせる老妻糸を切る歯あり

『寒柝』
（昭和31年作）

第七句集『寒析』（昭和三十六年刊）所収。

「夜長になって古行李をとり出した妻は、ごそごそ夜なべをはじめた。のぞいてみると、糸を歯で切っている。まだたのもしい老妻である」と自註に記している。また、〈針先に遅るる眼もて妻夜なべ〉〈駅に妻門にわが迎へ菊の客〉〈昼寝妻さめて厨へ辿るなり〉と妻を詠む。妻の姿の後ろに自己の老いの兆しに対する自覚があるのかもしれない。自己の身辺に対する眼差しも深めてゆく。いわば、日常の肯定という眼差し。

この年、敬愛する松本たかしが逝去する。

菊焚いてかへるところに病間あり

『寒柝』
（昭和31年作）

前年に自然気胸を起こしたりして、ここ数年たびたび臥床することがあった。庭の小菊が枯れると抜いて火をつける。菊を焚いたあとに戻る場所は病間だというのである。「しかもそれは菊を焚いたあとなのであって、すべてさみしい起居に終始している」というように一句に寂寥感がただよう。また、〈暮早きことにも病みてあらがはず〉とも詠んでいる。自然を見つめ、おのれを見つめる。爽雨は「この養生期間中には、静かにおちついて、心境内観の句を多少成し得たように思う」という。

降る雪のかなたかなたと眼があそぶ

『寒柝』
（昭和31年作）

「雪がさかんにふっている。眼の前からかなたへかなたへと奥ふかく雪片が舞っている。幾重にも錯雑している中に眼をあそばせているたのしさ」と自註にある。

切り取った対象をそのまま詠むというより、見た景を一度自分の内側を潜らせたあとに出てきた言葉なのである。その意味では、描かれた景は、作者の心のなかで捉えられた視覚的表象なのであろうか。自己の感覚の解放がある。つまり、対象が外にあるというより眼と心が近くなっているのだ。これが爽雨のいうところの自然を見ての「内観」なのかもしれない。

人々と新茶ひとりの今を古茶

『寒析』

（昭和33年作）

35

来客の人をもてなすときには、今年はじめての新茶を淹れ、歓談が済み一人になった今は、静かに古茶を飲んでいるのである。「何時どんな時にと自問すると、少々虚構にちかい句」と自註にある。実のなかに虚が潜みこんでいるのである。それでも現実から出発していることには変わりない。「今、ここ」という意識。それを提示してみせてくれている。

また、〈椅子ふかくおのれ暗しや春惜む〉などとも詠み、おのれの内部を見つめている。ひたすら自分の心のなかの言葉に耳を傾けているのだろう。句作は密室の作業である。

萩刈りて萩の失せたるのみならず

『寒柝』
（昭和33年作）

上五の詠み出しで「萩」というものの存在を現出せしめ、次の中七の「萩の失せたる」でものの非在を認識し、さらに、下五の「のみならず」と否定形で叙することで、ものの非在からこころの不在へと到達しているのである。今まであった萩が消え去ったあとの虚ろな空間への眼差し。「何か外に大切なものまで消滅してしまったような寂寥感に打たれる。失せたものは何か、それを追い求めるように私は佇んでいた」という。萩が現前していたときとそれが不在である今との間で眼差しはたゆたい、おのれの心の不在へと向っているのだろうか。

手にのせて吾かも映り竜の玉

『寒柝』
（昭和33年作）

37

小石川後楽園で開かれる例会で庭園をめぐっているとき、大きな竜の玉をつまんではてのひらに載せてみた。その艶やかな面に自分も映っているだろうかと思ったのである。現実には映るはずもない竜の玉に、おのれの顔を覗き込もうとしているのである。ここでも虚と実のはざまで眼差しはたゆたっているのではないだろうか。鏡のような竜の玉の面のなかに下りてゆき、そこに自分の姿を見る、いわば虚を覗き込んでいるような眼差し。現実には見えなくても、爽雨の心の鏡のなかでは見えているものがあるのであろう。

十一や那須雲上の宿に著く

『寒柝』
（昭和34年作）

那須高原温泉での作。十一は慈悲心鳥のこと。鳴き声が「ジュイチー」と聞こえる。山霧を登って宿に着くと自分は雲上にいるようだというのである。上五の季語「十一」を詠嘆の切字「や」で切って、中七下五の「宿」の景と取り合わせ、二句一章の型をとっている。切字の「や」が全体に響き渡っている。

同時作に〈墨をぬるランプの夜明水鶏鳴く〉〈意のままに椅子寝椅子あり時鳥〉がある。この二句は中七で切れており、下五の季語と取り合わせている。

この年の四月八日、師である高浜虚子が逝去。

郭公のそれのこだまと遠き音と

『寒柝』
（昭和35年作）

山中湖畔を吟行しての作。木霊はもとは樹木の霊の意で、音の反響は樹木の霊が応えたものであるという。実際の郭公の鳴き声と木々に反響する音とが重なるように聞こえてきたのである。ここでも「実」の音と「虚」の音とのはざまに作者は立っている。そして、実の鳴き声と虚の音との隔たりは小さくなり、虚と実の音が戯れ始めるのを聴いているのではないだろうか。この句は、郭公の声を主題とした一物仕立ての句である。同時作の〈筒鳥や分れて道は火山灰ふかく〉は、上五の季語を切字「や」で切っての二句一章の取り合わせである。

寒の水のみてうつし身二分けに

『寒柝』
（昭和36年作）

昭和三十年作の〈寒の水飲みてつらぬくもののあり〉は、一直線に貫く実の描写であるが、この句は、今生きているこの身を二つに分けるように寒の水が身体を通り抜けてゆくのである。寒の水を飲んだときの作者の実感であるが、おのれの身体を通して見えてきた感覚の発見を、ものを通して表現しているのである。寒の水を飲んで作者は「うつし身は生き返るようだ」という。こちら側と向こう側とのはざまに立ち、うつろう心の裂け目が覗けているようでもある。これは爽雨の言葉を借りれば「心境内観」の写生であろう。

苺置き辞書おき子の名選ぶなり

『三露』
（昭和37年作）

第八句集『三露』（昭和四十一年刊）所収。

五月に孫の司が誕生する。「苺置き」「辞書おき」と対句仕立てで表現することによって一句にリズムが出ている。また、下五の断定の助動詞「なり」が切字のような働きをしている。季語の「苺」が子と呼応して可愛らしさの演出をしているのだ。

〈子をつれて手の中の手よ町しぐれ〉〈食べそめし子に皿二つ夕しぐれ〉等々、孫の成長を喜ぶように詠んでおり、どれも孫という語を使わずに「子」と書いている。爽雨は「子といえばひろく誰の子でもよい客観視ができて、ねばりつくようないやらしさが消える」という。

霜枯の鶏頭墨をかぶりけり

『三露』
（昭和37年作）

真っ赤だった鶏頭が霜枯れでもってまるで墨をかぶったようだというのである。比喩であり、見立ての表現である。この技法によって作者の新しいものの見方が提示されているのである。

爽雨は、霜枯れの黒ずんだ鶏頭に儚さを感じたのであろう。見たものに対する作者の感覚の解放の表現。そうしたものに対する「はかな事こそ胸にとどめて俳句に詠うべきだ」と爽雨はいう。つまり、ものを正確に見て、それを深く感じ入る必要があるというのである。

初音せり見やりて息のけぶる方

『三露』

（昭和38年作）

「鶯の初音を耳にして、その方を見やると、うすら寒い中に息がけぶって、その白息のかなたに二声三声と鳴きつづけている」と自註に記す。

詠い出しが「初音せり」と聴覚で捉えられ、この上五で切れ、これでワンショット。次に「見やりて」と聴覚から視覚へと転じる。この中七途中の助詞「て」で一呼吸の間が生じる。次のショットで自分の息の白さを描くのである。こうした眼差しのロングショットから次のショットへのつなぎ方の間合の呼吸は、一つの〝芸〟といっていいだろう。

客待つと犬にもリボン避暑夫人

『三露』
（昭和40年作）

楽しい軽みのある句である。この句もワンショット、ワンショットの積み重ねでできている。読者は五七五に置かれた「客待つと」「犬にもリボン」「避暑夫人」のそれぞれの言葉の隙間をどう関連付けて読むかということを求められる。その意味では、このカット、カットの場面の切り取りと配列は、いわばモンタージュ的描写なのである。だが、映画のモンタージュ手法に学んで、物と物とが火花を散らすような新しい関係を求めた山口誓子ほどの大胆さはないが、ひとつの花鳥諷詠的なトラディショナルの表現になっているのではないだろうか。

天心に合ふ二ながれ鰯雲

『三露』
（昭和40年作）

京都上賀茂神社での作。

二つの鰯雲が左右から流れてきて、自分の頭上で合流した景を見たままに詠んでいる。詠い出しの「天心」という言葉を得て、秋の澄んだ空の高さをイメージさせている。その雄大な空から雲へと対象を絞り込んでゆく。ロングショットの流れるような時間の景を切り取るように詠んでいる。そしてその静かな時間の流れが一句の調べとなっているのだ。爽雨は「句の叙法は、十七音の表現と調べによって、対象を描くということを第一義としたい」という。

梳きこぼすうしろは知らず木の葉髪

『三露』
（昭和40年作）

木の葉髪という季語の本意と「うしろは知らず」という主観的表現とがあいまって、梳きこぼれてゆくものの寂しさが強められていよう。いわば「うしろは知らず」という否定による感覚的な木の葉髪の描写である。櫛で梳いた髪がどれだけこぼれ散っているかは分からずに、「うしろは知らず」といいながら後ろにも眼がありそうである。爽雨は、木の葉髪という「自分の分身であるものが行方もわかず失せてゆくのが淋しまれてくる、そんな心持であった」と『自選自解皆吉爽雨句集』に記す。自己の心境がつぶやきのように出た一句であろう。

冬もみぢ大ぜい仰ぎ去りしあと

『三露』
（昭和40年作）

伊豆修善寺温泉の菊屋旅館に宿泊した。夏目漱石が晩年胃潰瘍の転地療養に泊まった宿である。修善寺の境内にある冬紅葉を大勢の人がにぎやかに愛でていたが、その人たちがいなくなり、自分一人だけになった今の静寂さが、下五の「去りしあと」という不在の景のなかに余韻として広がってくる。

爽雨は「情景がそのままに十七音となり、その音律に自然な情味がながれて、安らかな呼吸のような一句になった」と『自選自解皆吉爽雨句集』に記す。

端に日ののりて大冊読はじめ

『三露』（昭和41年作）

元日の読初である。本棚から分厚い書物を取り出し、書斎の机に座って読み始める。新年の日差しが窓から入ってきて開いている本のページの端に当っているという静かな景である。こんな日常のただ事のなかに幸せというものを発見しているのである。この大冊は小林秀雄の『古典と美』であったという。

爽雨は「ただ事の中へふかく眼ざしを浸透させて感動を招き迎えるのである」と『写生句作法』に書いている。〈大店の夜のさくら餅売れてなし〉などの句も、日常のただ事のなかに作者の眼差しが光っている。

万緑に朴また花を消すところ

『三露』
（昭和41年作）

49

那須高原を吟行しての作。ホテルの窓から見える盛夏の万緑の樹海の中にあって、朴の白い花がぽつりと見えた。見渡す万緑のロングショットから白い朴の花をズームアップして捉えた視点がある。しばらくするとその朴の残花が散り落ち、一面が万緑に覆いつくされたというのである。ひたすら見ることによって自然に帰依しているのであろう。一方見られたものは、それによって美的なものへと昇華されるのである。

万緑の木々の中には「広い葉を茂らした朴の木もあって、今しも花が終って消え去り、いよいよ万緑の中の一木になろうとしている」と爽雨は『自選自解皆吉爽雨句集』に記している。

鹿の子あり遠まなざしに立ちかしぎ

『泉聲』
（昭和41年作）

第九句集『泉聲』（昭和四十七年刊）所収。

奈良での作。大阪に住んでいたころは、奈良はすぐに行けるところであった。東京に移り住んでからますます古都に引き寄せられるように足を運んでいる。

この句、上五の「鹿の子あり」で切れる。中七下五で鹿の子が立ち上がったときの様子を写生している。まるで鹿の子の了見になったような詠みぶりである。爽雨は写生の実際について「大まかに見、微細に見、処をかえ方向をかえて見通す」と『写生句作法』でいう。

牡丹切るあとをただちに埋むる葉

『泉聲』
（昭和42年作）

この句も前句同様に、上五の「牡丹切る」で一呼吸ある。この小休止のあと、切ったあとの牡丹の情景を丹念に写生しているのである。大輪の牡丹の花が切り取られ、不在になった空虚を、「いたわりかばうように葉が寄り合うてきて、何事もなかったように」埋めたという写生描写は、作者の独自の見方であり、感じ方の表出になっている。つまり、ものに即く具体的な描写のなかに自己の感情が入り込んでいるのだ。

この年、第一回蛇笏賞を句集『三露』ほかの業績で受賞している。沼空賞は尊敬する歌人吉野秀雄であった。

荒格子顔うつ修二会詣でけり

『泉聲』
（昭和44年作）

東大寺二月堂にお水取りを見に行く。内陣の闇のなかで「南無観、南無観」と唱えながら五体投地を繰り返す僧の行の様子を、隔てられた格子に頭を付けながら見ているのだ。上五の詠い出しで「荒格子」というものを提示してから、そこに顔を打つという自分の動作を示している。中七の最後になってそれが修二会だと分かる構造になっている。荒格子に顔を打ったという意味であり、「荒格子顔うつ」の「うつ」の表現は、「格子戸が打ってきたように叙してあるが、一つの技巧である」と爽雨は自解する。〈水取も十日の磴に火屑つむ〉とも詠む。

背山より今かも飛雪寒牡丹

『泉聲』
（昭和46年作）

大和当麻の里、中将姫が当麻曼荼羅を織ったと伝えられる石光寺での作。背山とは二上山。「りんりんと張りつめた感動が、『今かも』と発し、『飛雪』と凝って表現を得た」と爽雨はいう。眼前の一瞬を切り取って見せた。石田勝彦氏は、この句の中七の体言切れについて、「この叙法の味わいに目を開かれたような気がした」と述べ、爽雨俳句の特徴として中七の体言切れの多用を指摘し、「おそらく中七の体言切れの叙法は、爽雨の発明とは言えぬまでも、爽雨によってはじめて完成された叙法と言ってよいのではあるまいか」（「俳句朝日」平成九年四月号）と評している。

浸りつつたゆたふ齢菖蒲風呂

『泉聲』
（昭和46年作）

数え年で七十歳になり古稀を迎えた。五月五日の端午の節句の菖蒲湯から子どものことを連想するが、その菖蒲湯につかりながら来し方のたゆたうような時間を思っているのだ。うつろいゆく時間のたゆたいのなかに身を置きながら、おのれへのいとおしむ心が表出している。「たゆたふ」という感覚的なものの把握は、老いに対する自覚を意味しているのだろう。

その後、昭和五十三年に〈年の湯のわが身はるかにしづめ澄む〉とも詠んでいる。

この年、俳句を導いてくれた大橋櫻坡子が逝去。

甚平とはだへのひまの老いけらし

『泉聲』
（昭和46年作）

「けらし」とは、過去の助動詞「けり」の連体形「ける」に推量の助動詞「らし」の付いた「けるらし」が転じたもので、「けり」というところを婉曲に述べ、「老いたものだなあ」と詠嘆の意が込められている。甚平と痩軀になった自分の身体との隙間に老いを感じ取っているのである。老いという「果て」を感じてのつぶやきの一句である。

このふわふわと浮いているような隙間に、「自分が老軀となった為にちがいないというわびしさを、ひしとおぼえたのである」と自解している。

一輪にして大寒の椿朽つ

『花幽』
（昭和47年作）

第十句集『花幽』（昭和五十一年刊）所収。

「一輪にして」と中七の途中で小休止が入る。この語によって一輪の花が咲いていることをイメージする。そして季語「大寒」によって厳冬の寒さを思い、次の「椿」でもってその花の具体性を眼前にする。大寒に咲いた一輪の椿の花の美が、最後に置かれた言葉「朽つ」によって見事に裏切られ、否定される。ものに即いた具体的な描写ではあるが、そこにはもう美しい椿の花は存在しないというさびしさを伴う。いわば花のイデーの喪失を感じさせてくれる。

初雷や湖北泊りの湖の方

『花幽』
（昭和47年作）

琵琶湖への旅。北陸本線の木ノ本駅で下車し、賤ヶ岳の麓を訪ねた。湖北に宿泊する。その夜に琵琶湖の方からしきりに鳴る雷の音をすばやく句に詠んだ。うつろいゆく自然の偶然の一瞬を捉えたのである。琵琶湖はそろそろ比良八荒の季節になろうとしている。

爽雨は「旅というものは、何かの目的以外に、思わぬ天候の変化や風物が恵まれて句が出来るものである。この初雷のように」と『自選自解皆吉爽雨句集』に記している。日常から離れた旅ならではの産物である。

萩刈りて太虚といふを庭の上

『花幽』
（昭和47年作）

詠い出しの「萩」という語で我々は咲いている花をイメージする。それが「刈りて」と否定され、「太虚」が眼前にもたらされるのである。萩を刈り取ったあとの空間が「太虚」と見えたのは、作者の感情がともなって見ているからなのである。見えていたもの「花」が見えないもの「太虚」に転化して非在になる光景を句に詠んだといってもいいだろう。眼は見えるものと見えないものとの間（あはひ）を行き来している。爽雨は「よく見て、深く感じよ」という。見ることとそのものが自己形象化されて句ができてくるのかもしれない。

冬帽や奈良は仏の許へもとへ

『花幽』
（昭和47年作）

59

奈良には毎年のように通っている。冬帽と奈良の仏像との取り合わせの句である。上五に「冬帽や」と据えた。この切字の「や」と続く「奈良は」の助詞「は」に加え、下五のリフレインによって躍動感のあるリズムが生まれている。ポール・ヴァレリーは「散文は歩行であり、韻文は舞踏である」といった。爽雨は「『や』の切字は、用いるに最も難かしい。が用いて頷くことが出来るとじつにうれしい」という。踊るような優美な調べの句の姿と、「心のともなった眼でもって、美術としての造形と、信心の対象としての仏身」を拝している心の深さとがある。

寒雁の氷《ひ》の面をくだく音に落つ

『花幽』
（昭和47年作）

宮城県伊豆沼への旅。伊豆沼は白鳥をはじめ雁や鴨の飛来地として知られる。〈白鳥の尾に嘴つぎて列過ぐる〉なども詠む。雁が氷った湖面を割って着水する音を「くだく音に落つ」とダイナミックに表現した。眼に執するような粘り強い言葉の斡旋である。

俳句は作者が見た景を、読者に、言葉で見えるようにする作業でもある。眼前の連続した光景をそのまま切り取って再現した句であり、寒雁の直写であり、白鳥の直写である。ひたすら見ているのだ。爽雨は「写生は、正しく見、正しく感じ、正しく表現してはじめて成就する」という。

行方なく海鼠食うべて欠けたる歯

『花幽』
（昭和47年作）

61

胃の手術後は酒を止めていたため、酒の肴によく出る海鼠を口にすることもなかったが、たまたま出された海鼠に触手が動いた。すると何本か残されていた歯の一つがポロリと欠けた。飲み込んだのかもしれない。食べるのではなかったという悔いが少しある。自画像であるが、俳諧味、滑稽さがある。

爽雨は「『行方なく』とは大げさな言いざまである。がこの誇大に言いなした意が、不気味で寒々とした物そのものを表現したようにも思う」と自解する。

旅に見る冥府の鹿火の三つ連るる

『花幽』
（昭和48年作）

滋賀県日野町鎌掛の里で、鹿や猪の害から田畑を守るために焚かれる鹿火を見る。〈ほのあかりのみの一つも鹿火の闇〉とも詠む。この鹿火の一晩中焚かれるさまは、「この世ならぬ冥府のそれのように妖しい。旅人の私は、そうした火明りが三つ相つれて、冥土の底から燃え立っているのを眼に灼きつけたのである」と『自選自解皆吉爽雨句集』に記す。こちら側から向こうの世界を覗いているのである。見えているものを通して見えないものを見ている。その眼は見えているものの奥に見えない世界を見ているといってもいいだろう。眼差しは虚の世界に向けられているのだ。

鶏頭の雨見ゆ花のすこし上

『花幽』
（昭和48年作）

細かい雨が降っている。雨脚は真っ赤な鶏頭の花の冠の上にも降りそそいでいるのだが、ふっと花の上で消えて見えなくなってしまった。爽雨は「くれないに燃え立っている鶏頭と、その上にまっすぐに降りかかる雨が、『すこし上』に『見ゆ』で、私を加えた三者が一つに融け込んだ一句になってはいないだろうか」という。雨と鶏頭とそれを見ている作者。見えているものと見えていないもののはざまに作者はいるのである。その見えていたものが見えなくなった瞬間を捉えている。見えているもののすぐ隣りに見えない世界があるのである。

年暮るる無病やうやく倦むごとく

『花幽』
（昭和48年作）

ここ数年、健康に過ごしてきた思いが出ている。作者七十一歳の年の暮の感慨である。無病息災であることを倦むようだと思うのはアンビバレンスな感情であろう。それを「もったいない事」と感じているのだ。

爽雨は「年をとるに従って内観の世界というものに句作の心が向けられるようになった。外界を写すと何の違いもない五官をもって、おのが胸裡に照明をあてる態度なのである」と『自選自解皆吉爽雨句集』に記している。自己の心の内に分け入って見つめることも同じ写生であるというのである。

世に在らぬ如く一人の賀状なし

『花幽』
（昭和49年作）

正月に届いた年賀状を一枚一枚、顔を思い浮かべながら読んでいるのである。そのなかで、あの人から来ていない、どうしたのだろうかという思いが「世に在らぬ如く」といった表現になっているのである。いわば不在への眼差し。こうした不在に対する意識の顕在化は、自己の「果て」の老いに対する意識と重なり合って出てきているのかもしれない。いつも来ている人から年賀状が来ていないという眼前の出来事に対してのうつろう心に敏感に反応して句に詠んでいる。

餅に搗く蓬奔流しそめけり

『花幽』
（昭和49年作）

福井市に「雪解」同人の本多静江の住居を訪ねた。土間に据えられた臼で夫婦が餅を搗いて迎えてくれたときの景である。臼で搗いている真っ白な餅のなかに今茹で上がったばかりの蓬を投げ入れた。そのとき蓬の緑が渦となって染まってゆく様子を「蓬奔流しそめけり」と見立ての技法で捉えたのである。このときの爽雨は「女流の賑わいをよそに腕を組み、眉間に縦皺を寄せつつ臼を睨んでいた」と本多静江はいっている。同時作に〈草餅をつく杵音に一天鼓〉がある。

鳥帰る沖つもれ日は炬《きよ》のごとし

『花幽』
（昭和49年作）

前句に続いて東尋坊を訪れる。春に鳥が北へ帰ってゆく沖を見やっていると、厚い雲のすきまから太陽が海を金色に染めるように射してきたのである。その日矢を、たいまつの光のようだと「炬のごとし」と比喩で表現したのである。爽雨は「俳句表現は言葉の雫によって成るといった人があって、うなずける。雫は全円に澄明に凝ってその句にいのちを与えるのである」という。見たものをどう表現するか。この句の場合、見立ての技法によって一句にいのちを与えているといってもいいだろう。

冷蔵庫老妻の丈あはれ越す

『花幽』
（昭和49年作）

家に新しい冷蔵庫が入ってきた。この大きな冷蔵庫を最初に見たのが句の出発点である。それが妻の身長よりも高いということの驚きが「あはれ」という言葉を引き出し、妻に対するいつくしみの心が生まれたのである。

爽雨は「その『最初に見える』ことは誰しも可能だろうが、『驚き』を感ずることは、そう容易ではない。驚くことの出来るおのれでなければ、『見える』だけで、『驚き』を感得はできまい」という。この最初に見えたときの驚きと出会うために、自分がいまだ見たことがない所へと旅に出るのかもしれない。

焼藷の乾漆二体焚火より

『花幽』
（昭和49年作）

湯河原温泉の宿の近くで若者たちが焚火をしながら諸を焼いていた。その焼諸をもらったときにできた句である。その焦げた焼諸の姿を見て、奈良時代の乾漆で造られた仏像を連想した。そして焼諸を乾漆像に見立てて表現したのである。この仏像への見立てによって日常の俗な食べものである焼諸が、美的なものへと昇華しているのである。

爽雨は「以前から壺焼諸を見ると、それ自体が仏像に思えてならなかった」といい、〈鈎吊りに焼諸菩薩壺を出づ〉とも詠んでいる。

風呂の柚の歓喜の一つ背へまはる

『花幽』
（昭和51年作）

前年の秋、韓国に旅行する予定でいたところ、出発直前になって発熱が続いたために旅行をキャンセルして杏雲堂病院に入院する。年末に仮退院の許可が下りて家に戻り、冬至風呂に入ったのだ。その退院の喜びが柚子に託されて「歓喜」という言葉で表現されている。

「宵になって風呂に入る。柚子が小躍りして迎えてくれて、肌にふれながらその一つが背中へ廻る。歓喜は柚子であり私自身である」と『自選自解皆吉爽雨句集』に記している。冬至風呂は季語を味わうことができ「私の愉悦の一つ」だといい、〈風呂の柚の二つのひまに齢あり〉とも詠んでいる。

清和なる書淫に旅もせざりけり

『聲遠』（昭和51年作）

第十一句集『聲遠』（昭和五十七年刊）所収。

清和は旧暦四月の時候のこと。書淫は中国の『皇甫謐伝』に出てくる。晋の医家で鍼灸学の集大成を行った皇甫謐は、広く書籍を研究し書物に囲まれて暮していたので人々から「書淫」といわれていたことに由来する。爽雨は一月に退院したが、旅もできずに書斎に籠った生活をしている。旅に出たいという思いが下五の詠嘆の切字「けり」に込められていよう。〈苺食ふ書架を砦のわが朝を〉とも詠む。爽雨の俳句の源は読書と旅をすることにあった。

友たかし地下に古稀なり菖蒲風呂

『聲遠』
（昭和51年作）

菖蒲湯につかりながら、松本たかしのことを思い出しているのだ。明治三十九年生まれのたかしが生きていれば古稀になるという感慨がある。家を行き来した仲である。たかしの句を読んで爽雨は「永い句作経歴にはなるが、これほどに開眼の恩恵を受けたことはない」「生涯をつらぬく啓示をうけたのである。天与として感謝する外はない」と述べている。一方、たかしは、爽雨の俳句に対して「執拗に対象に密着してその核心を把へ、言葉を煮詰めるやうにして表現するところに、又この作者の特色もある」と『互選句集』に記している。

門前の一路人来よ秋の暮

『聲遠』
（昭和51年作）

吉祥寺東町の自宅の前の道に立ち、人が訪れてきてくれないかと思っているのだ。誰もいない道という広がりをもった空間が、秋の暮のさびしさというものを象徴的に表現しているともいえよう。その何もない空間にあって、「人来よ」と呼びかけているのである。作者の切ないつぶやきが一句になった。「よ」の一語に作者の深い詠嘆が込められているのである。そしてこの主情的詠嘆は、秋の暮の門前の一路という景に内包されたさびしさを起因として、作者の内的世界から湧き上がった言葉ではないだろうか。

杖立に杖冷《すさ》まじき旅を明日

『聲遠』
（昭和51年作）

74

病後、旅をしたくてうずうずとしている状態が続いていた。柘榴が赤い花を咲かせる夏に旅の約束を得て、〈ざくろ咲く病後やうやく旅の約〉と詠む。旅の前日に杖をかかせない身となった今、旅の友である杖立にある杖を見て、「冷まじき」と見て取った感覚の冴えがある。この「冷まじき」も主情的表現である。爽雨は「句を作りに旅をするといふことほど愉しいものはありません」というものの、どこか不安な様子がうかがわれる。また、〈散る花にたちて身よりも杖しづか〉〈杖とめて光陰花とわれのひま〉とも詠んでいるが内省的で静かである。

ちらばりて礎石と冬を臥す鹿と

『聲遠』
（昭和51年作）

奈良の景である。眼前にある礎石を見て、かつてそこに建っていた仏教寺院を想像したりするのだが、今は鹿が臥しているだけだというのである。「ちらばりて」という空間把握ではじまり、「礎石」と「鹿」という点景のものへと収斂してゆくのだが、下五の「鹿と」からまた上五の「ちらばりて」へと循環してゆく景の叙述になっている。あるがままの空間を、眼に映るがままに切り取り、句に詠んでいるのであるが、見ている者の心の静寂さの反映が感じられる。そんな冬の静かな空間なのである。

あぎともて病後もの食ふ小暑かな

『聲遠』
（昭和52年作）

76

〈餅腹をいまのたのみの寒にあり〉〈雑炊や病後の奇《く》しき健啖に〉とも詠み、だんだんと食欲も出てきて健康を取り戻してゆく。しっかりとものを咀嚼して食べている様子が、上五の「あぎともて」で表現されている。小暑というと七月七日、これからしだいに暑くなってくるころである。ものを食べることにもいつくしみが感じられるのは、心を置き去りにしないで自己を見つめているからであろう。いわば自愛の心の表出である。自然を見つめるのも自己を見つめるのも同じことなのである。

154 ― 155

萩枯るる枝先は眼の果《はて》のごと

『聲遠』
（昭和52年作）

77

枯萩の消え入りそうな細い枝を見つめている。「眼の果」とは、視覚から消えてゆく果てであり、その果ての先にある太虚、虚空である。不在化への予兆を見ているといってもいいかもしれない。

現実を見ることから出発する爽雨の写生とは、感じ方の深さであり、表現することの言葉の精緻さに根ざしている。心ある写生によって観照されたものの描写。このあるかなきかのはかなさの眼の果にある虚無的な静観。こうした「今、ここ」にはない「果て」への意識は、「ほそみ」の姿となって句に表れていよう。

156 — 157

初富士の秀《ほ》をたまゆらに山路ゆく

『聲遠』
（昭和54年作）

霊峰富士が雲の間から一瞬見えた。見えていなかったもの（富士山）が見えるものに転化した瞬間が捉えられている。「最初に見えた時の驚き」の「驚き」というところを醗酵させて言葉に写し取っているのである。

この一瞬の「偶然というものは、瞬く間に生滅することが多い」「それを核心にして句をまとめてゆく」と『写生句作法』で爽雨はいう。副詞の「たまゆら」の措辞によって優美さが加わっている。

昭和五十三年に俳人協会副会長に就任。昭和五十四年の春の叙勲で勲四等旭日賞を受章。

剝落は流涕遅き日のほとけ

『聲遠』
（昭和54年作）

前年にも奈良に行って〈奈良の夜はほとけ身にそひ柿をむく〉と詠んでいる。この年も三月に奈良の秋篠寺などを見てまわっている。「流涕」とは涙を流すことである。秋篠寺の伎芸天の乾漆の剝落が進み、泣いているように見えたのである。その剝落している様を擬人化して表現している。「私が今仰ぎみる御顔は、艶を通り越してさびしさと悲しみの相に見えた」と爽雨はいう。見えたものを心のなかで醱酵させてどう言葉に表して作品にしてゆくかということである。同時作に〈みほとけと門前げんげ畑は不壊〉がある。

炎天の地軸に立てて杖はこぶ

『聲遠』
（昭和54年作）

真夏の太陽の下、大地を支える地軸に杖を立てながら歩いている景である。それはおのれが大地に垂直に立っている存在であることの認識であり、このの歩行はおのれのいのちの運びなのである。春夏秋冬と季節がめぐってゆくなかで、今ここで生きている自己と季題を見つめている。そうやって俳句を詠むという行為自体が、いのちを運ぶ行為でもあるといえるかもしれない。

同年に〈歩みつつまだわが喜寿の中の年〉と詠み、翌年に〈年惜しむ傘寿来よとか寄せじとか〉と詠む。

白しとて息を白からしめて立つ

『聲遠』（昭和54年作）

年を重ねるにつれて自己の心のなかに深く下りてゆくような句が増えてくる。この句は「息白し」だけの世界である。息が白いという今ここで生きている自己を見つめているのだ。息の白さによって自分の存在が確認される。いわば心の深みのいのちに触れたものが言葉となって出たような一句である。そこに美を見ようとする。また〈眼をとづる春昼の中おのが中〉とも詠む。

爽雨は「自然の諸相の中に、あるいはそれにつながって生きている自分の中に季を発見し季語を見出す」と『わが俳句作法』に記す。

地のものの如く端居のわが暮るる

『聲遠』（昭和55年作）

縁先で涼をとっていたわが身も日が暮れてゆくとともに地のものと同化して、夕闇に溶け込んでゆくような気分なのである。昼と夜の「あはひ」に身を置いて、自己の存在を見つめたとき、その輪郭がたゆたうように消えて不在になってゆくという「果て」への意識を覚えたのである。自己の「果て」を見ようとするには、自我を消し去り、無にした眼差しが必要なのかもしれない。

爽雨は「沐浴するように季感の中にしずみこむ」（『わが俳句作法』）。そうすることで、大いなるいのちに包まれている自己の奥深い声を聴こうとしているのだ。

門火して西方入日にと散歩

『聲遠』
（昭和55年作）

83

盆に門火を焚いて祖霊を迎え入れ、また送り出す。送り火を焚いたあと、祖霊とともに作者も夕日が没してゆく西へと歩を取ったのである。

　門火を焚くという行為と今眼前にある空を染めゆく夕日のなかに自己をどっぷりと沈みこませることによって、かの世という向こうの世界を作者の意識の現前にもたらしているのである。そして、あたかも西方浄土へ自分も行くかのように歩み出したのである。ここには、やがて自分も消えてなくなるという「果て」の世界へとおもむく意識がある。また、〈門火焚く蟻のあゆみとひとつ地に〉とも詠む。

168 ― 169

出棺や背を立つる背に汗聞ゆ

『聲遠』（昭和56年作）

「秋桜子先生密葬」と前書にある。上五の「出棺や」の「や」の詠嘆の切字によって強い哀悼の意が表現されている。俳人協会において爽雨は副会長として、会長水原秋櫻子を支えたばかりでなく、特に東京に移り住んでからは親交を深めている。「巨人・大鵬・卵焼」といわれた当時、プロ野球ではともにアンチ巨人であったため意気投合した。ちなみに秋櫻子は西鉄ライオンズファンであり、爽雨は国鉄スワローズファンであった。

秋櫻子から「俳句で煮しめた貌」と評された爽雨の句風は、この句の「汗聞ゆ」の措辞からもうかがえる。

燃えはしるここをみなもと曼珠沙華

『聲遠』
（昭和56年作）

曼珠沙華はもとは天界に咲くという意をもつ彼岸花である。その赤い花が、自分の足もとから劫火となって燃えひろがっているのである。こちら側から向こうの世界を覗いている眼差しである。このような意識は〈涅槃より衆生ほとほと死にたる図〉という句にもうかがわれる。

句集名の「聲遠」は、歌人吉野秀雄が生前に爽雨の家のためにつけた号で「聲遠書屋」と揮毫された額が掛けられている。吉野秀雄の「写生は短歌俳句の本道であるばかりでなく、生《せい》そのものの大道であることを、わたしは信じて疑いません」の言葉に爽雨は深い共感を示している。

磨る墨に硯同心朝の菊

『皆吉爽雨遺句集』
（昭和56年作）

第十二句集『皆吉爽雨遺句集』（昭和六十三年刊）所収。

墨と硯がぴったりと吸い付くように同心になってはじめて良い墨汁ができる。それと同じように自然と自分とが一体化して、自然から聴こえてくる声に耳を傾けるのである。

ひたすらに見続けることで、造化のいのちと共振し、同心となる。そこから見えてきたものを、透徹した意識で一語、一語を導き出し、表現している。いわば、自然をよく見て瞑想する「凝視と沈潜」という態度である。

反故焼いて一枚に悔夕若葉

『皆吉爽雨遺句集』
（昭和57年作）

87

書き損じた紙を庭で焚火として燃やすのであるが、必要だった書類も一緒に焼いてしまったのだ。「悔」という自己の感情に起因する言葉に対して、下五で「若葉」という季語を取り合わせて詠んでいる。作者の情だけを述べて若葉の景の描写をしていないのであるが、「夕」の一語が抒情をかもしだしている。

虚子の「諸君はもっと興奮して句を作らねばいけない」という言葉を引いて、爽雨は「はっと心を衝かれて思わず昂ぶるところがなければ、句の生れ出よう筈はない」と『写生句作法』に記す。

蜘蛛の来て二人ごころの夜の机上

『皆吉爽雨遺句集』
（昭和57年作）

夏の夜、机上に来た蜘蛛と語らっているようだ。自己の心を深く掘り下げて蜘蛛と同化させているのである。この「二人ごころ」というのが、爽雨の造化の世界への接し方である。自然という花鳥に呼びかけ、その声に耳を傾け、心を共振させているのである。

「眼が通い合った自然とのつきあい、それを詠った十七音詩が俳句というものだ」と爽雨は『写生句作法』に記している。「自然はまだまだ無限に話したがっている」というのだ。常に自然と対話しているのである。

綿虫と病後散歩とただよふも

『皆吉爽雨遺句集』

（昭和57年作）

89

この句にも、綿虫との「二人ごころ」がある。足に力が入らず杖に頼りながらふらふらふらと歩く浮遊感と、綿虫のふわふわふわ飛んでいる浮遊感とが重なって、作者と綿虫とが同化している。見ているものが見られているものと共振しているのだ。いわば自然は外側にあるのではなく、自己の内側にあるのではないだろうか。内側にある自然を見つめるもう一つの眼。

「心をともない、感覚を伴ったもう一つの眼でしか見ることの出来ない」「自然に凡庸でないものが発見され感じられるように」ならなければならぬと爽雨はいう。

年歩むきのふと明日の事のひま

『皆吉爽雨遺句集』
（昭和57年作）

90

時は流れてゆく。昨日が今日に、今日が明日になり、いくつもの春夏秋冬の季節をめぐって生きてゆく。芭蕉は「月日は百代の過客にして、行きかふ年もまた旅人なり」と記し、「造化にしたがひて四時《しじ》を友とす」と記した。

過ぎ去ってしまった昨日と、いまだ見ることができない明日。その分水嶺である「今」という時に立っている自己を見つめている。そして、一瞬一瞬生滅を繰り返している造化への眼差し、時間を見つめているのである。

〈除夜の門に出でて一路の横たはる〉の句は、行く年来る年の今の空間を見つめている。

初夢を言ひあふに死の一語あり

『皆吉爽雨遺句集』
（昭和58年作）

〈傘寿越すことを二日の暮れつ方〉と詠んでいるように八十歳を越えた。どんな初夢を見たのかと言い合っているなかで、「死」の一語が出てきたことに驚いた一瞬が句になったのである。

時間の旅の果てにあるもの、あるいは時間を見つめた先にある死に対する意識の表出であろう。眼差しは作者の心の底に下りていっているのではないだろうか。

芭蕉は〈旅に病んで夢は枯野をかけ廻る〉と詠んだ。爽雨は〈死者病者ひるねの秋の吾をめぐる〉と詠む。

薄氷に指やりて乗る水一重

『皆吉爽雨遺句集』

（昭和58年作）

うすうすと張った氷に指をやると水がすうーっと乗ってきたという景である。「指やりて」という作者の行為に遊び心を見て取れるが、その結果に対しての驚きが句になる起点であろう。

薄氷の鏡の面をすべるような水の面を、眼差しは下りてゆく。薄い氷と薄い水とが織り成す冷えの艶の感覚がある。眼前にくりひろげられる造化の実相を捉えようとする繊細な美意識は、「綺麗さび」というよりも枯淡の「冷え」の姿の美しさがある。「果て」の意識による末期の眼で見た実相というと言い過ぎだろうか。

百歩とはわが足力春の霜

『皆吉爽雨遺句集』
（昭和58年作）

足の血行不良により脚力が弱くなり、杖を頼りとした歩行になってきた。今の脚力では百歩が限界というのである。足もとにある春の霜を踏みしめて立っているのだ。春の霜を、ふかぶかと心を通わせながら眺めて、自分の存在を確かめているのだろう。おのれを客観的に見つめての境涯の句になっている。いわば晩年を意識したいのちをいとおしむ眼差しである。そして、季語は心の鏡となって、作者の眼差しはそこを下りてゆくのである。季語を見るということは、季語から見られるということでもあるのであろう。

惜しむただ灰燼蔵書西行忌

『皆吉爽雨遺句集』
（昭和58年作）

94

　一月二十九日の未明、不審火による火災で自宅が半焼する。いのちには別状ないが、多くの蔵書が焼失してしまったことが惜しまれるというのだ。自分も西行と同じように多くの旅をしながら俳句を作ってきた。脚力の弱った今ではそれもかなわず、本を読むことが楽しみであったのである。客観的描写の奥にその喪失感と痛みが強く感じられる。身一つで放り出されてしまったおのれを見ることになるのである。

　また、〈春の炉に焼亡一書うかび出づ〉〈焼けのこる書をぞ耽読初蚊出づ〉とも詠んでいる。

190 ― 191

身一つに如かぬ仮の家紙雛

『皆吉爽雨遺句集』
（昭和58年作）

ほとんど身一つになって茫然とするなか、杉並区宮前の地主の敷地内の家に移る。三月三日の雛祭には雛人形を飾った。喪失感をともなった虚ろな空間に飾られた紙雛と虚ろな自己とを対比させて詠んでいる。「身一つ」というのはいわば装飾のない裸形の自己の姿である。〈池も焼亡流し雛など浮かべむに〉とも詠む。

寓居は竹藪と木々に囲まれた一軒家で、鶯の初音を聞けば〈初音しぬ藪しづもりも大き時〉と詠み、来客が来れば〈竹秋や客と対座にパン一つ〉と詠む。心は自由自在に動いているのだ。

鳥雲に転居表札なほ紙片

『皆吉爽雨遺句集』
（昭和58年作）

鳥が北に帰ってゆくころになった。寓居の玄関の表札は自分で染筆した紙を貼ってある。鳥が帰ってゆくさびしさと、紙片であることのわびしさが重なってイメージがふくらんでくる。ものの客観的描写の奥に空気や気配や作者の心情が立ち上がってきているのである。それはいわば心の鏡に映った諸相のうつろいへの眼差しであるかもしれない。

〈一鍬の土に春筍をどりのる〉〈誕日を二月の三人さくら漬〉などの作もある。心が自由自在になると初めてものを見るような感覚になり、俳句が軽みを帯びてくるのであろう。

さかのぼる蝶の会ひたる落花あり

『皆吉爽雨遺句集』
（昭和58年作）

大和絵の花鳥画のような優美な句である。蝶の生き生きと上昇する生命と、桜の散りゆく無常、ふたつが邂逅する場のはざまにいる作者という三者が一体化している。生死の邂逅する今の瞬間に作者の眼が出会ったというべきかもしれない。

自然との対話を深めながら、没入するように見ている眼差しは、その深みにおいて造化のいのちの振動にふれたのである。それが心に沁みる美的な言葉の姿となって句に立ち上がってきているのである。

座椅子籐椅子余生まだまだ書を手にす

『皆吉爽雨遺句集』
（昭和58年作）

蕪村に「竹林茅屋・柳蔭騎路図屛風」がある。その右隻の「竹林茅屋図」には、竹林の奥の家で老人が子どもに本を読ませている景が描かれている。文人は「万巻の書を読み、万里の路を行く」のである。爽雨もまた竹林の寓居にあって本を読み詩嚢を肥やしているのである。〈紙魚もゐし碧巌録に夜をすごす〉と臨済宗の禅の公案語録などにも手を伸ばす。「閑居とは申しても失落に沈んだりしてはおれません」という爽雨の句作は、よく見て感じたことを瞑想して言葉を取捨する。師である虚子もよく見ることと同時に「ぢつと案じ入る事」を説いた。

白南風の竹の穂蝶をはなさざる

『皆吉爽雨遺句集』

（昭和58年作）

99

逝去二日前の六月二十七日の寓居で開かれた句会に、病床から投句されたうちの一句である。窓から見える竹藪の白南風に揺れる竹の穂に蝶が止まっている景を切り取って詠んだものであるが、そこには文人画的気韻生動の小宇宙の広がりが見て取れるかもしれない。

「はなさざる」という主情的なものの把握は、造化に導かれるままに没入して見えたものを内在化して出てきた言葉なのであろう。透明化した眼差しによって、心の鏡にうつろういのちのかたちの現前をそのまま言葉に写す。それが晩年の爽雨の写生なのではないだろうか。

身一つに耐ふ人の訃と梅雨寒と

『皆吉爽雨遺句集』
（昭和58年作）

前作と同じ句会に投句されたうちの一句。これらが遺句となってしまった。老いて罹災した身にとって、親しい人の訃報にも耐えるしかないのである。虚無感がただようなかにあって自己自身との対話を深めていっている。

そうした心労が重なったのであろうか、六月二十九日の未明、胸の苦しみを訴え緊急入院したが、心不全のため逝去された。八十一歳。爽雨が毎日書いていた「雪解」の「発行所日録」は、二十五日で止まったままであった。

七月九日、豪雨のなか調布の深大寺本堂で葬儀が行われた。墓所はその深大寺にある。

写生一徹

Ⅰ　生い立ち

　皆吉爽雨は、父山下春五郎、母りんの末子として明治三十五年二月七日、福井県福井市に生まれ、孝四郎と名付けられた。山下春五郎の兄皆吉五郎には子どもがいなかったため、生後すぐに皆吉家の養子となり名前を大太郎と改めた。皆吉家は丸岡藩有馬家に仕えた藩士の家系である。皆吉五郎は、明治三十七年から八年間丸岡町長を務めたが、町長を退任したのち商売に失敗し家計が傾き始める。そんな家庭事情のなか県立福井中学校に入学したものの四高（金沢）への進学を諦め、学校長の推薦により大正八年、大阪の住友電線製造所（現住友電気工業株式会社）に入社。月給十一円。爽雨は、会社の仕事のほかに「自分の存在をみずから認めてゆけそうな道」を模索していたところ、先輩の大橋櫻坡子が社内俳句の回覧誌「なつめ五句集」を出していることを知り、俳句同好会に入会。その大橋櫻坡子の導きによって高浜虚子の「ホトトギス」に投句することになる。自分の進むべき道が見つかったのである。それ以後の爽雨の境涯については、本書の百句の鑑賞のなかで触れている。

Ⅱ　見ること

高浜虚子は、客観写生と花鳥諷詠を提唱した。

写生とは、花や鳥などを向こうに置いてそれを写し取ることである。そうしてものを見ることを繰り返して行ううちに、しだいにものと自分の心とが親しくなってきて、そのものが心のなかに溶け込んでくるという。そしてしまいには、心が動くままにその花や鳥も動き、心の感ずるままにそのものも感じるようになるというのだ。つまり、虚子は「俳句は客観写生に始まり、中頃は主観との交錯が色々あって、それからまた終《しま》いには客観描写に戻るという順序を履むのである」（『俳句への道』）というのである。

そうした虚子の写生の作句態度を爽雨は継承している。その写生の進んでいく過程を爽雨は、「形ーおもむきーいのち」への眼差しの深化と解釈している。そして、「自然人生を疎かに見てはならない」といい、その上に「凝視と沈潜」をするのだという。それには「一物もまとわず、まといつかれぬ裸身となって相手の前に立つのである」。そうすることによって「相手もはじめて裸になり純粋になって真実の相を見せてくる。その裸同志の膚がじかに感じ合う消息を生写しにする、それが写生なのである」という（『写生句作法』）。つまり、裸眼の眼差しで自然を見ることで、ものの表面のかたちを突き抜けて内なるいのちへと達し同一化しようとするというのである。それはまた、裸の眼でもって自然に没入して自分とものとの距離を縮めていき、見られたものに帰依《きえ》してゆくように合一化してゆこうとする試みであると言い換えてもいいかもしれない。

爽雨は、正岡子規の写生論を継承したアララギ派の歌人島木赤彦の『歌道小見』

を愛読しており、赤彦の「寂寥相」（幽遠相）と呼ばれる「自然と人間が一体となった歌の境地」の自然観照の影響もあるかと思われる。

爽雨はいう。「自然という相手と、虚心に正面きって向き合うて、やがて、微笑が交わせた時に俳句は生れる」と（『三露』あとがき）。

自然と自己との交感のなかで、自然の方から作者に語りかけてくるまでじっと自然を見つめているのだ。そして「微笑が交わせた時」が、ものが新しく見えた瞬間であり、そこから俳句が生まれてくるのである。虚子のいう「ぢつと眺め入る事」の爽雨流実践である。

Ⅲ　案ずること

「ぢつと眺め入る事」で、見ることがものの表面ではなく、その深みへと覗き込もうとする。それと同時に虚子は、「ぢつと案じ入る事」も説いた。

敬愛する歌人吉野秀雄が写生とはどういうことかと問われたときの「一、正しく観ること／二、正しく感ずること／三、正しく表現すること／の三箇条を掲げるであらう」（『吉野秀雄全集』第三巻）という発言に、爽雨は共感し、ものを見てから十七音の俳句になるには、「よく見る、ふかく感じる、正しく表現する」というプロセスを踏まなければならないというのである。仏教の八正道の教えのなかにも「正見、正思、正語」とある。

爽雨は、ものを見てすぐに句帳をひらくことはしない。見たものを「胸の中のスケッチブックに、なるべく感ふかく味わって正確に書きつけておく」作業をするのである。それは季感にどっぷりと浸ることであり、「ただ事の中へふかく眼ざしを浸透させて感動を招き迎える」ということである。その上でもって、「夾雑物を除いて単純化するという燃焼時間」が必要であるというのだ。つまり、見たものを十分醗酵させる作業をする。それが虚子のいうところの「ぢつと案じ入る事」なのであろう。

句帳を取り出す前に、見て、感じ入ることに専念しろということである。写真カメラでいえばアングルを決め、光源の調整をしてシャッターを切るということである。そのあとの「現像はあとでゆっくり暗室（句会席上）でやるべき」という教えである。つまり、自然を見ている段階では言葉はまだ明確なフォルムを獲得していない。見て感じたことがどのような十七音の言葉になるのかは暗室という密室での作業なのである。

そのようにして密室で現像された俳句は、自然の景の模写や再現というより視覚的イメージの表象であり、心の鏡に映ったいのちの景の提示といえるかもしれない。それが爽雨のいう「内観写生」というものなのであろう。

Ⅳ　蛇笏と爽雨（爽雨の「雲母」掲載作品）

爽雨が俳句を始めた大正期の「ホトトギス」は、虚子が「進むべき俳句の道」を執筆し、雑詠には村上鬼城、飯田蛇笏、原石鼎、前田普羅たちの気骨ある主観的な俳句が並んだ。

闘鶏の眼つぶれて飼はれけり　鬼城

山国の虚空日わたる冬至かな　蛇笏

頂上や殊に野菊の吹かれ居り　石鼎

春更けて諸鳥啼くや雲の上　普羅

これらの俳句の特徴は、「や」「かな」「けり」などの切字を使った韻文の格調の高い「立句《たてく》」の姿をとっていることである。立句とは連歌の発句のことで、季題と切字を入れて高らかに謳い上げる句である。

特に〈たましひのしづかにうつる菊見かな〉〈流灯や一つにはかにさかのぼる〉〈芋の露連山影を正しうす〉などと詠んだ蛇笏は、立句の名手といわれた。爽雨は、その蛇笏の「立句」に惹かれたのである。

爽雨は、蛇笏に対して「初学の頃の亀鑑として強い光りで導いて頂き」と恩を記し、蛇笏の「壮観に向って対等におのれを屹立させる詩魂、しかも客観をつくして描き出す骨法」を学んだと述べているのだが、具体的にどのように学んだかは、述べていない。また、他の著者の爽雨論においても蛇笏と爽雨の関係についての言及は見られないのである。そこで、爽雨が俳句を始めた大正期の「雲母」

を調べてみることにした。そうすると、蛇笏選の雑詠に投句していて、入選していることを発見したのである。この事実は、爽雨の第一句集『雪解』の俳句の格調の高さと切字の用法を考える上で極めて重要なことであると思われる。ここで「雲母」の雑詠のなかから何句か抜粋してみよう。

蘭の葉の月にみだるゝ巌かな　（「雲母」大正12年6月号）
独り身や口笛ふいて昼寝覚め　（「雲母」大正12年12月号）
ともりたる灯に一瞥や菊根分　（「雲母」大正13年11月号）
荒天の淀片晴れや鴨わたる　（「雲母」大正15年3月号）

どの句も「や」「かな」の切字を使っており、その効果によって一句を立ち上げているのである。まさに蛇笏の骨法を吸収しようとしていることが分かる。

その結果、爽雨の第一句集『雪解』には、

天懸る雪崩の跡や永平寺

がう〳〵と深雪の底の機屋かな

雁列の突ったちしづむ枯野かな

などの切字を使った力強い格調の高い俳句が並ぶのである。つまり、爽雨俳句の格調の高さの源泉は、飯田蛇笏の荘厳な骨太の俳句に求められるのである。

また、爽雨は、「雲母」の発展に寄与するための「雲母同志会」に名を連ねており、「雲母」の課題詠の選者を務めてもいる。蛇笏に認められた存在になっているのである。

V　爽雨の「切字」観

第一句集『雪解』で多く見られた切字の使用は、全句集を通して眺めて見ると、第二句集以降においては、減少しているのが分かる。切字を意識的に使わない句作へと進んでいるのである。それは「や」「かな」「けり」という切字を使えばそれなりに句の形にはなるが、濫用すると類型化を招き、マンネリズムに陥ってしまうことへの自覚である。極端な例では「…となりにけり」という使用である。もう一つは、昭和十一年に野村泊月が「山茶花」の雑詠選者を辞退したことが契機になっている。泊月はことのほか切字「かな」の愛用者で「見る目にもふと倦怠をおぼえるほどだった」という。この切字の本来の意義から離れた安易な使用が、「同じ鋳型から製造される句の単調さから逃れたい」という思いが爽雨にあったのである。泊月に換わって「山茶花」選者の一人になった爽雨は、その切字に対する意識改革に乗り出すのである。爽雨は、一句のなかでの詠嘆の切字というものの重さを考え、切字を正しく駆使することの難しさを覚えると、これは安易には使えないという思いに至るのである。

そして、切字に対して「濫用でなく善用という積極的な」使用を「その範を芭蕉以来の古人の句にとりながら、それのまことの愛用者になりたいという切望」を抱くようになるのである。

句風としては、表現の流麗さと句姿の品格の高さを失わずに、ただ事のなかへ眼差しを深く浸透させる句作りになってゆくのである。

たとえば、

大店の夜のさくら餅売れてなし　（『三露』）

食べて又マスクの一人さくら餅　（『三露』）

などの句には、連歌でいえば「立句」でなく「平句《ひらく》」の味わいがある。こうしたただ事のなかの深々とした眼差しもまた爽雨俳句の魅力であろう。

爽雨の俳句は現実から出発している。自然をよく見て、その声を聴いて、深く瞑想して、格調高く表現してゆく。爽雨は、一貫して写生という態度を取り続けた俳人である。その透徹した眼差しを持つ爽雨に対して、水原秋櫻子は「俳句で煮しめた貌」と賛辞を贈っているのである。

【主要参考文献】

『花鳥開眼』皆吉爽雨　昭和十七年　草薙書房
『互選句集』松本たかし・皆吉爽雨　昭和二十三年　かに書房
『皆吉爽雨句集』（角川文庫）　皆吉爽雨　昭和四十三年　角川書店
『皆吉爽雨集』（自註現代俳句シリーズ）皆吉爽雨　昭和五十一年　俳人協会
『自選自解皆吉爽雨句集』　皆吉爽雨　昭和五十四年　白凰社
『句のある自伝』　皆吉爽雨　昭和四十五年　サンケイ新聞社
『山茶花物語』　皆吉爽雨　昭和五十一年　牧羊社
『写生句作法』　皆吉爽雨　昭和四十八年　東京堂出版
『わが俳句作法』　皆吉爽雨　昭和五十年　東京出版
『俳句への道』　皆吉爽雨　昭和五十三年　角川書店
『俳句開眼』　皆吉爽雨　昭和五十六年　牧羊社
『皆吉爽雨著作集』全五巻　昭和五十四年　サンケイ新聞社
『皆吉爽雨集』（脚註名句シリーズ）　井沢正江編　平成四年　俳人協会
『爽雨清唱』　浦野芳南　昭和五十九年　牧羊社
『皆吉爽雨の世界』（昭和俳句文学アルバム）井沢正江編著　平成三年　梅里書房

初句索引

季語索引

著者略歴

石嶌　岳（いしじま・がく）

昭和32年　東京生まれ。
昭和54年　「雪解」入会。皆吉爽雨、井沢正江に師事。
平成19年　句集『嘉祥』にて第30回俳人協会新人賞受賞。俳誌「嘉祥」創刊・主宰。

句集に、『岳』（昭和63年）、『虎月』（平成14年）、『嘉祥』（平成18年）、『非時』（令和2年）。
共著に、『現代俳句最前線』、『今日から始めるはじめての俳句』、分担執筆に、『映像歳時記鑑賞読本』、『現代俳句大事典』、『新東京吟行案内』など。

現在　公益社団法人俳人協会評議員、公益社団法人日本文藝家協会会員。「嘉祥」主宰、「椎」「雪解」同人、「塔の会」会員。

発　行　二〇二四年七月二九日　初版発行
著　者　石嶌　岳　©Gaku Ishijima
発行人　山岡喜美子
発行所　ふらんす堂
〒182-0002　東京都調布市仙川町一―一五―三八―2F
TEL（〇三）三三二六―九〇六一　FAX（〇三）三三二六―六九一九
URL https://furansudo.com/　E-mail info@furansudo.com

皆吉爽雨の百句

振　替　〇〇一七〇―一―一八四一七三
装　丁　和　兎
印刷所　創栄図書印刷株式会社
製本所　創栄図書印刷株式会社
定　価＝本体一五〇〇円＋税
ISBN978-4-7814-1682-3　C0095　¥1500E

●百句シリーズ

★＊『高濱虚子の百句』岸本尚毅
＊『後藤夜半の百句』後藤比奈夫
★『藤田湘子の百句』小川軽舟
★『飯島晴子の百句』奥坂まや
『綾部仁喜の百句』藤本美和子
『清崎敏郎の百句』西村和子
『右城暮石の百句』茨木和生
『芝不器男の百句』村上鞆彦
『山口青邨の百句』岸本尚毅
＊『鷹羽狩行の百句』片山由美子
『杉田久女の百句』伊藤敬子
『鈴木花蓑の百句』伊藤敬子
『鍵和田秞子の百句』藤田直子
『波多野爽波の百句』山口昭男
『森　澄雄の百句』岩井英雅
『橋本鶏二の百句』中村雅樹
『加藤楸邨の百句』北大路翼
『能村登四郎の百句』能村研三
『宇佐美魚目の百句』武藤紀子
『佐藤鬼房の百句』渡辺誠一郎
『赤尾兜子の百句』藤原龍一郎
『沢木欣一の百句』荒川英之
『長谷川素逝の百句』橋本石火
『京極杞陽の百句』山田佳乃
『桂　信子の百句』吉田成子
『永田耕衣の百句』仁平勝
『福田甲子雄の百句』瀧澤和治
『石川桂郎の百句』南うみを
『臼田亞浪の百句』西池冬扇
『三橋敏雄の百句』池田澄子
『尾崎紅葉の百句』高山れおな
『細見綾子の百句』山崎祐子
『川端茅舎の百句』岸本尚毅
『平畑静塔の百句』五島高資
『鈴木六林男の百句』高橋修宏
『原　裕の百句』原朝子
『木下夕爾の百句』鈴木直充
『和田悟朗の百句』森澤程
『古舘曹人の百句』丹羽真一
『篠原　梵の百句』岡田一実
『河東碧梧桐の百句』秋尾敏
『夏目漱石の百句』井上泰至
『相馬遷子の百句』仲寒蟬

＊＝品切　★電子書籍あり